一夢移此橋

鏡像詩集

鏡像 ○ 著

前　言

《我是風》

我是風　穿過鮮豔的花叢　不帶走豔麗
不帶走馨香模樣

我是風　穿過紅黃的樹林　不帶走顏色
不帶走輝煌

我是風　撫摸過你的臉頰　不帶走愛戀
不帶走情傷

我是風　擁抱過你的身軀　不帶走熱情
不帶走回想

我是風　進入過你的心靈　不帶走心跳
不帶走心房

我是風　在天地之間遊走　不帶走牽掛
不帶走激盪

我是風　隨緣安住在境緣　不帶走煩惱
不帶走名相

我是風　念動從虛無中來　不帶走三界
不帶走五行

心念之情妙筆生花

情思婉轉成畫

一襲柔風吹紅紗

只是一剎那

就鐫刻在心塔

常化一杯清香禪茶

瀰漫氤氳了家

鏡像攝影

目錄

CONTENTS

目 錄

CONTENTS

目

錄

C O N T E N T S

目

錄

CONTENTS

鏡像攝影

桃花開了以後

驛動的心頭

就生了無限的溫柔

一個眼神的理由

時間的河流

就在發呆時流走

情婉轉成畫

心念之情妙筆生花

情思婉轉成畫

一襲柔風吹紅紗

只是一剎那

就鐫刻在心塔

常化一杯清香禪茶

瀰漫氤氳了家

塵世間一粒塵砂

時光染白了頭髮

經歷了滄桑風雨天涯

體會了你我他

曾經的風雅

成了平淡包容隨和

輪廓慈善柔和的臉頰

不再酒後比劃

高談闊論屋簷下

而是一份牽掛

祝福沏一壺清茶

水上漂浮著

慈善心願所化

一朵潔白美好的蓮花

心思寫在眉頭

手折相思柳

時間悠悠

情感的小溪流

將一抹憂愁

捲進眉眼的四周

心思寫在眉頭

繞在心口

不肯離開遊走

思念依舊

躲進心房依然溫柔

寂靜的四周

心意逗留

將愛的綠洲相守

是心願挽留

延綿無數黃昏後

情執不回頭

一彎彩虹橋

一抹的微笑
心思縹緲
像晨曦裡的春曉

春花芬芳嬌嬈
還有你的身影
在花叢嬌羞的情調
比花俊俏
似遠山雲霧繚繞
醉在山腰
又似一彎彩虹橋
迷離了心跳

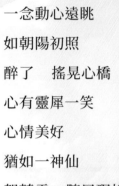

一念動心遠眺

如朝陽初照

醉了　搖晃心橋

心有靈犀一笑

心情美好

猶如一神仙

駕著雲　隨風飄搖

情 願

輕輕的清風拂面

清澈的山澗

流水潺潺

好似流過心間

清涼的情意蜿蜒

輕撫著心弦

歲月山水相伴

淙淙流水　一念情願

伴著一襲雲煙

走向遠方是執念

情感凝結似箭

目的像是命運相牽

因緣天成全

情感畫出眉眼

留戀了重疊山巒

一生的情戀

心念隨境舞翩躚

一幅美麗畫卷

味道的心跳

在內心的一角

貯藏著熟悉的味道

每當想起你

就莫名地心跳

味道就開始

在記憶的思緒裡繚繞

這是你的微笑

還有馨香的美好

在我心裡做的記號

只要把你想到

你就在眼前嬌嬈

似飛天的舞蹈

成了記憶裡

最有味道的心跳

每當這個時候

不知道誰在誰的懷抱

全身的細胞都在笑

熱情的血奔跑

心裡的味道

瀰漫了空氣周遭

桃花開了以後

桃花開了以後

驛動的心頭

就生了無限的溫柔

一個眼神的理由

時間的河流

就在發呆時流走

愛戀的箭頭

是喋喋不休的口

把天花做拼湊

描繪　送入眼眸

妄想的計謀

把心靈的孤獨攆走

成了美好的理由

從此又有了

時空距離的沙漏

讓業力增厚

輪轉六道輪迴

繼續　四季風雨之後

心想送天堂
——遊西湖

喝一杯桂花釀

欣賞保俶塔的風光

來到抱樸道院

體會一下葛洪的丹房

走過了蘇堤嘆楊柳長

也曾坐過斷橋旁

那一湖的荷香

增色三潭印月的月光

來到濟公運木的井旁

思維了一段狂想

再敲幾下南屏鐘響

把心想送入天堂

失去了孤獨

你侵入了心的領土
卻無法把你驅逐
就這樣失去了孤獨

茫然不清楚
讓心田的花木
芬芳了心靈深處
從此在心田的小路
來來去去躇步

只是感覺那日出
為何匆匆就是日暮

誰把誰渡

紅塵慾海裡沉浮

是夢幻迷思的路途

妄心執迷不悟

踩著虛幻的小路

看著心繪製的地圖

尋找著幸福

因緣一生的旅途

只是一念心的恍惚

一路的痛楚

是無奈業力的江湖

曇花一現的美麗

過後即是孤獨

好像是輪迴的定數

身不由己邁著腳步

看不清未來的路

佇立凝思回顧

日子和人誰把誰渡

心 幻

夢幻朝花夕拾

醒來春華秋實

只是心念裡

鮮花芬芳浪漫的四季

滋養的濛濛雨絲

潤澤乾涸的大地

景象都是心裡

折射天氣情境的故事

相遇和分離

只是心中的彼此

你我的樣子

顯現在鏡像的心湖裡

自然風味

滿山秋色楓葉紅飛

天高不用鎖眉

一番好心情的風味

觀看清淨秋水

九重天色楓葉重疊

不見紅色薔薇

心被自然氣魄奪魁

不用為情負累

悄悄話

心起念　風飛沙

有了青春年華

又轉瞬即逝

有了皺紋和白髮

你的模樣如畫

從此　裝在心裡

跟著我走天涯

寂寞的時候

常和你說悄悄話

只是這顆心呀

莫名其妙地隨著她

再也放不下

就成了心裡的牽掛

常遊夢幻天下

暢想的詩行

書寫的詩行

掠起往昔塵土飛揚

斑駁的故事已經泛黃

那是枯葉隨著風飄蕩

生活的旅途跌宕

那是情感的序章

已是遙遠的故事

散去的芬芳

那過去的蒼茫

化成了眼淚兩行

曾經的一切

只是寒冷早晨的霜

晨起消散就擁抱太陽

不留情思在枯葉之上

隨緣相聚一場

經歷了熱情滾燙

未來的月光

裝進憧憬的心房

溫暖的陽光

塗在微笑臉龐

把春秋摺疊放入行囊

乘風飛翔瞭望

未來的時光

酒酣淋漓潑墨飛揚

書寫碧波盪漾

綿綿不斷的情長

眉目之間由心轉

你的眉目之間
寫著我的心願
是一首浪漫的詩篇

你的豔麗容顏
寫著我的夢幻
是一篇命運的初見

看著你漂亮的眼

妄心激情的愛戀

伴著月光和星光無眠

漂泊在塵世間

緣份不過百年

前世情　今世相伴

歲月如雲煙

又如山澗水漫漫

春秋在心間

兩眼撥動了輪轉

愛將心碰碎

經歷了心的喜悲

愛將心碰碎

歲月雖然已經成碑

傷痕卻一直跟隨

情感雖然成灰

擾亂的心緒輪迴

往事像流水

和源泉依依相偎

命運的腳步已經走遠

心思還在徘徊

夢幻的景象不退

執著過去的淒美

妄心已在心裡刻碑

妄念不會消退

還在想著過去的錯對

也時常有後悔

時常記起依偎

繼續著生命的輪迴

留 戀

你是否走遠

是否淚流了滿面

夢繞魂牽

希望遠航的你擱淺

再回到身邊

消除清香的留戀

思念在心間

你的歌聲縈繞在耳邊

一縷幽香青煙

化現你美麗的眼

讓人流連

又消失在一瞬間

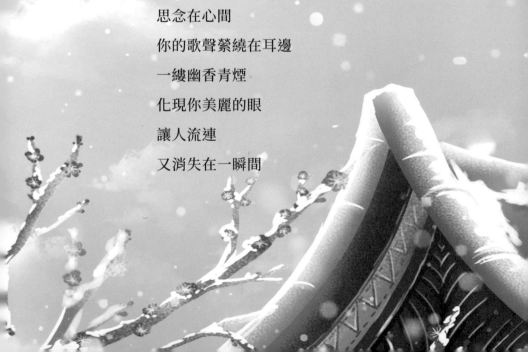

把好運的燈火點燃

期盼神靈的光環

護佑你到永遠

妊紫嫣紅滿天

擁有滿滿的一彎

滿滿的一懷溫暖

一襲夢囈

白白的柳絮

漫天地隨著風飛舞

落滿了庭院

一腔熱情的話語

成了溫暖的心意

輕輕覆著歸宿

那最後因緣的肌膚

完成了最後一幕

最美的邂逅相遇

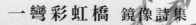

緣分自然合體

成了庭院的心腹

心願得到滿足

安詳地睡去

結合了在一起

情感的心念飛舞

生一襲夢囈

化成來世的形識

是心想的一物

無緣的情闡

時鐘滴滴答答
放飛了心念意馬
只是為了想她
訴說一句想念的話

你還記得嗎
你說過的心裡話
從此愛戀萌芽
長出一朵花
隨著愛的心願勃發

可是因緣命運啊

像一粒塵沙

身不由己飄天涯

情動的心兒呀

被時空無情地鞭撻

蕭瑟的風摧毀了心花

打開了無緣的情閘

只是一串淚下

淹沒了心的寶塔

從此不知為啥

卻再也揮不去她

鏡像攝影

一念風雨過後

情卻難收

情絲扯到月上枝頭

月光情濃了小樓

東風吹來花香回首

西風吹來情愁

只是隨境的念頭

惹來花兒隨風消瘦

月光情濃小樓

一念風雨過後

情卻難收

情絲扯到月上枝頭

月光情濃了小樓

東風吹來花香回首

西風吹來情愁

只是隨境的念頭

惹來花兒隨風消瘦

紅顏飄逸清秀

一抹香飄為誰留

癡心為誰等候

月光如洗情依舊

心湖的影子

心念寫著愛花的字詞

情感把它匯集

成一首浪漫的詩

愛戀隨即譜上曲子

旋轉跳躍的音符

是你的美麗

是你飄忽的影子

憧憬是心湖的影子

風雨吹皺了生息

心想用堅固的湖堤

圍住心念的雨絲

只是湖水情感外溢
思緒瀰漫廣袤的大地
溫柔也浸潤了你

濕氣隨著熱升起
隨著冷熱的風成風雨
這是心靈的雙翼
即是冥冥之中的天意
用心雨下了一盤棋
心雨即是心語的詩詞
棋局裡　　天地間的你
在心裡不要忘記

馨香薰了眼角

那邊太陽已非太陽
已是八仙過海歌謠

港灣把海水擁抱
只見情意
成了情深海角

北邊南邊
寶島一縷雲煙裊裊
心似火烤
少了慈悲心懷
分別不見島
只緣身在雲霧繚繞

流水滔滔

總把新桃換舊符

情動又是一片心桃

桃花夭夭

馨香薰了眼角

相　思

寄情明月是相思

相思只因是別離

隨風杳杳已千里

只有圓月知心意

萬般情意

化現心念筆一支

畫一圖美麗

故情心相惜

夢幻清幽塵飛離

山間小溪

清澈見底彎曲

生情在胸懷裡

萬般的醉意

讓寶鑑映照出神秘

盡現溫情四溢

溢滿了相思

沒了情感歸期

情念決了心堤
不知把情帶到何處
從此　癡癡的你
遙遙地遠離
沒有了情感歸期

過去了的往昔
成了無奈的回憶
淅淅瀝瀝地
回不到追尋的眼裡

兩眼的美麗

淡漠在風雨裡

飄搖著　也有飄逸

紅塵中只是

越來越模糊的影子

流星劃過

一場情幻得

又像夢一樣完結

原來　你在心裡跳著

化解了寂寞

你的溫柔承諾

在心裡訴說

現在　你像流星劃過

帶走了愛的生活

你已經不在

我的生命之側

塵世裡的我

獨自觀看日出日落

在這個鏡像世界

今世的因果

只是前世情感一抹

花開芬芳的時節

因緣不夠長約

這無奈的情節

是一首感嘆的情歌

染藍了心海

一句深情的表白

染藍了心海

作了一個安排

想駕著帆船乘風離開

港灣有點窄

寬廣的世界在等待

那是我的期待

用一首詩歌表白

表達著心潮澎湃

那一片情海

是美好的未來

心中的聖殿

有個神聖的高臺

那裡是歸宿

是頂禮和朝拜

盼著覺悟解脫歸來

旗幟飄揚

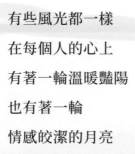

有些風光都一樣

在每個人的心上

有著一輪溫暖豔陽

也有著一輪

情感皎潔的月亮

不相同的模樣

有著不同的心房

情感的影像

是不一樣的臉龐

自然是不同的過往

心有四面八方

卻心現不同的時光

內心的寶藏

裝在不同的庫房

如果打不開門

心無助地張望

就會扭曲成悲傷

業力輪迴做床

夢幻裡夢想

畫一個虛假的天堂

妄想的旗幟飄揚

隨緣　唯心

生命中的很多東西

往往不期而至

刻意強求得不到

不可求　卻可遇

一顆安閒的心

自在隨意

一切隨緣不偏執

順其自然不過度

不以己悲　不以物喜

無常的天氣

無常的萬事萬物

願望與現實

其心不離

都是覺受業力

算命只是觀看軌跡

前生因果的延續

一切善惡因緣的今世

把握好當下

避凶趨吉

才有未來美好的世紀

心決定命運的格局

容得下天地

就是聖人顯示

慈悲　天下無敵

斤斤計較

煩惱就在心裡

拿得起　放得下

理智　慈悲　大度

自在隨緣而住

夢幻一曲演奏

心行的風雨春秋

一齣言行的表演秀

心造的虛和有

走過的痕跡俱留

心有萬千綢繆

遊走在南贍部洲

好像無數的邂逅

並不是心想的原由

不知是因緣相續

是因果的圖謀

年少眼瞳無憂

吹著笛子　　騎牛

路過多少人生路口

站過多少次橋頭

直到皮膚起皺

不能輕鬆地揮衣袖

無力再登高丘

再也不能無視煩愁

瀟灑地周遊

妄念繼續和境相勾

卻視而不見生死鐘漏

已逝歲月無救

繼續攀緣情執無休

看著漫天的星斗

妄想著溫柔

坐地日行八萬一週

依然無智猜不透

夢幻一曲演奏

內心的氣候

年少的時候

風兒輕輕吹拂常有

細水潺潺長流

風景不需要看透

心裡也沒有朽不朽

任何事情

想放手就放手

美好的天真

就在心的盡頭

沒有紅豆

也沒有情感的傷口

天真的感受

不解情念的溫柔

更不解相思的哀愁
心兒沒有顫抖
也沒有手牽著手

自從說了天長地久
一會兒鮮花滿園
一會兒變成了沙丘
心裡有那麼多
變來變去的氣候

收藏的牽掛

樹梢上的斜陽

染紅了西方

坐在河畔長椅欣賞

將一天的光芒

悄悄地心裡收藏

河水靜靜地流淌

送走了時光

幾隻鳥在飛翔

不知是不是在徬徨

帶來一點蒼涼

去年你在身旁

像紅霞一樣的臉龐

烙印了你的模樣

只是風帶你去流浪

不要被風滄桑

影子作祟

風把你帶走

心隨著風兒追

為何追不到

只能繼續　心好累

遠看不到你的身影

更看不到你的眼眉

心裡有些交瘁

盼著將你細窺

能與你伴陪

妄想的風一直吹

心像是喝了酒幾杯

你詭異的影子

在心裡繼續作祟

春光明媚

寒冷已經消退

雪已化成了水

春天也回歸

暖風輕輕地吹

風柔和　　情細微

讓我的心兒有些醉

彷彿喝了幾杯

眼前有了花紅葉翠

情念紛飛

心房滿了紅玫瑰

春光好明媚

自性　方寸紅塵

紅塵滾滾

卻是在心中方寸

一個幽魂

隨著因緣成人

一切都是夢

真實的幻身

成了世間的傳聞

年少是早晨

年老了是黃昏

喧囂紛呈
心隨著境相
任性地放縱狂奔
只是有些無奈
又被境相所困

一世浮生
自然隨緣染塵
只是自性無愛恨
無形無相　無滅生
也沒有體溫

歲月繼續走

時間不會守
河水也長流
沒見它們倒著走
最多就是揮一揮手

算是一抹溫柔
心中的無奈依舊
愛的那麼久
為什麼美好不能長留

讓心把無奈承受

歲月繼續走

你路過了家門口

也掠過了心頭

為何從來不回首

妄想牽著愛的手

和時間做朋友

把時間的漏斗

靜止了　不讓它溜走

鏡像攝影

心繾綣

思念著團圓

月牙的臉

雖有一彎的眷戀

不見圓滿圈點

一彎眷戀

心繾綣
思念著團圓
月牙的臉
雖有一彎的眷戀
不見圓滿圈點

月下不見飛燕
不見有人比肩
現時的流年
流水潺潺
流走了相約嬋娟

沒有了從前

紅妝粉黛的綴點

更不見

皎潔月光化現

一句溫柔的寒暄

惟緣的心湖

惟緣的心湖

顯現你的影子

種子識裡

一抹的情思相依

茫茫的歲月裡

因緣的舊事

隨著因緣的具足

情有了歸期

那一縷幽香的青絲

內心的在意

相約不離不棄

天涯咫尺皆是情癡

相思的種子

是濛濛細雨開始

成了今生今世

現在你美麗的樣子

老天的恩賜

今世的詩情畫意

化萬千的雨絲

成千年浪漫的情詩

痕跡留在心上

生活中的滄桑

在心裡刺繡了惆悵

扭曲的心房

眼裡遍是原野的荒涼

坐在土丘上

心不斷地妄想

彷彿開始了流浪

妄想的翅膀亂飛四方

湖面的波光

映著上空的鳥兒飛翔

好像有些癲狂

一下子多了

那麼多鳥兒的模樣

眼前的景象

虛幻了觀者的心房

只是　瞬間就成了過往

表面會遺忘

痕跡卻留在了心上

心念的時光

心念一動的時光
思緒相續無量
執著分別的情網
把心房捆綁

心念幻化了一雙
隨心任性的翅膀
滿世界地飛翔
那得意的模樣
創作一曲心靈狂想

扯著喉嚨歌唱

歌聲讓心房震盪

震波擴散飛揚

充滿了心靈的天倉

心的影子幻化無量

隨著妄想瀰漫盪漾

震動了轉輪王

轉動了地獄天堂

嗅著花香醉行

情如夢
在不著地的星空
群星眨眼使人迷濛
心陶醉在星雨柔風

情如藤
緣份纏繞不清
綠色相同
臉兒不同型
至死才知道心疼

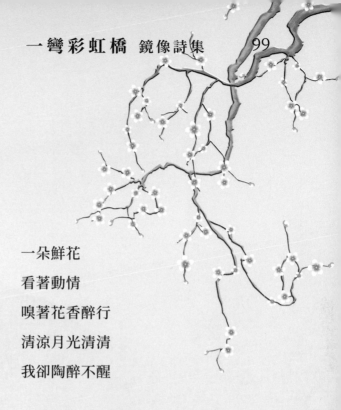

一朵鮮花

看著動情

嗅著花香醉行

清涼月光清清

我卻陶醉不醒

情意迷離吹著柔風

恍惚意識體和你飄行

神秘的夜空

群星迷離看不清

情思不醒

花兒也迷離不清……

寂寞的面相

寂寞是高高的山尖
難得有知音上山
坐在最孤傲的山巔

寂寞是孤獨地坐禪
在喧鬧的塵世間
開一朵聖潔的白蓮

寂寞是高尚在心間
像夜明珠在夜晚
指明道路　祛除黑暗

寂寞是虛無的空間
沒有分別的兩岸
也沒有煩惱的此岸

寂寞是行者的心現
消了偏執的兩邊
寂滅了覺悟的彼岸

昨 日

成為了昨日

已經是過去

過去的人生已經繪製

再也不可重複

只是曾經的經歷

成了畫冊的一頁

成了實際證據

成了以後的回憶

像流水一去

帶走所有的情思

還留著歷史

記憶著所有的故事

過去的昨日

已經淡了折磨心意

像是老年的搖椅

慢慢搖著思緒

靜靜地安棲

甘露　觀音

楊柳甘露輕灑
滋養萬情心田
晨鐘鳴響震動萬千
得聖潔心蓮
洗去無明塵煙

南海明月清湛
到處飄白蓮
清涼解脫法座現前
度一切苦厄
傾聽慈音　心靜觀

蕩 漾

心情有一點蕩漾
心跳有一點激揚
直到皎潔的月光
爬到了樹梢上

月光清新　清涼
卻沒有安撫住心房
還多了一份
夢幻瑰麗的想像

我在希望的海岸

天涯海角在海南

我曾經在美麗的海南

卻未去海角天涯

沒緣觸摸那裡的海岸

我的腳踩過眾多的海岸

也曾快樂地在沙灘

和椰樹在海風裡翩遷

只是沒有和你相見

用心彈一曲相聚的美宴

浪漫的手指輕觸琴鍵

用熱情驅除海風的寒

用心連結千年的情緣

不去天涯海角的海岸

不觸無情迷離的心田

晨曦裡浪花開在心間

我的希望在東方的海岸

紅塵鏡緣

人間夢已醒
塵緣未了
還如同在夢縈

隨緣漂不定
路漫漫兮
紅塵苦海長行

煙雲似人情
究竟成空
繁華落盡無鳴

回頭看緣鏡
折射滄桑
起伏人生無平

花開又花落
美豔造型
終究緣盡飄零

艷香曾飄行
嗅過成景
如夢如幻緣影

不知到何時

因為有了相遇
從此以後著迷
迷失了自己
眼裡只有美麗
就連天空下的
也是愛的夢幻雨絲

很想在心裡
永遠留著可愛的你
永遠地在一起
心心相印不分離

温暖的春雨

生出永恆駐守的花季

至此　美麗在心裡

心在夢幻裡

不知延綿到何時

愛的心意流淌

相思問月亮

您是愛的紅娘

夜晚很漫長

平常有點憂傷

都融化在你的清光

只有浪漫的守望

愛的心意流淌

悄悄地看著你的模樣

你那俏麗的臉龐

像清亮的月亮

又像謎一樣

招引著我的目光

聽你唱著歌謠

悠長　芬芳了心房

 一彎彩虹橋 鏡像詩集

[詩三首]

憂 愁 投

憂

感情深厚

纏綿好逑

風月中

情像天堂名相如尤

紅花憂愁

添幾多愁

爭豔中

情像選美為卿添憂

名伶之憂

吸人眼球

世俗中

情像演戲指縫中溜

愁

愛戀的愁
相思的愁
紅塵中
情像四季不停地流

消愁借酒
心兒不透
輪迴中
情像流水遺憾心頭

心像深秋
春風無求
傷感中
情像夢幻空中之樓

投

無欲無求
苦即是求
悟道中
情像菩提煩惱悟透

物慾是求
無欲何求
禪定中
情像空境不用繆綢

緣來自求
情是心求
因緣中
情像鏡像由心而投

情感牽掛的手相

看著你的手掌
情感起霧般茫茫
模糊了眼光
看不清你命運的遠方
是否有愛恨之傷

心情一直在唱
時間也有些漫長
你的故事在掌紋埋藏
擔心你會有寒涼
擔心你人生有滄桑

春秋只是命裡衷腸

愛恨建一道圍牆

執著心情飛揚

手掌紋路預示的命殤

會自然帶來冰霜

你就在我的身旁

內心情感一直相望

溫柔模糊的眼光

瞬間就經歷了一場

夢幻的情感故事在心房

雨滴濕了紙

雨滴濕了紙

成了滋潤的字

幽幽的水濕

陰濕了情感的心意

現出了行行情詩

寫的是相思

春暖花開時

那美好動人的言詞

讓人心癡

平添縷縷情絲

糾纏著擰成了一世

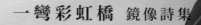

明明是心的形識

卻變幻一支筆

再寫一次

是一首跌宕起伏

迷惑情感的詩

凝結成詩情畫意

彩色塗抹四季

直到扯出銀色髮絲

鑲嵌在詩行裡

四季化成了一氣

鏡像攝影

聽了甜言蜜語

有了一卷情書

心進了迷霧

眼前飄起了雲雨

綠肥紅瘦入住

浮光掠影喧嘩眷顧

綠肥紅瘦入住

聽了甜言蜜語

有了一卷情書

心進了迷霧

眼前飄起了雲雨

綠肥紅瘦入住

浮光掠影喧嘩眷顧

隨境的思緒

燈火闌珊之處

心迷有了一雙眼目

卻看不清遠處

夢幻境相鋪了路

妄心進了迷途

幻

一串淚滴

全有你的影子

一個夢裡

情境一如往昔

想你時

你幻出在心裡

擁抱你

夢裡是那樣真實

塵世一遊

一念情優

風雨千秋不休

情執回首

心弦即刻演奏

過客塵世一遊

一夢醉了

轉瞬即是幾度春秋

情感的心頭

一泉水涓涓細流

蜿蜒曲折幽幽

識的盡頭

情海正在等候

一路風光進眼眸

瀟灑又風流

只是心的深處

有一牽掛的北斗

清光不染塵垢

寂照之情悠悠

虛空清涼之光當頭

卻不見任何等候

也不見春秋

愛的影子

前世的緣起

今世緣至

心就自然如期

愛相續在境相裡

對方的身影

在眼裡　在心裡

相續的情意

是如來藏識的種子

緣聚發芽的愛意

千言萬語如許

自然地飄起

述說著激情愛意

那濛濛滋潤的雨絲

是情執的心跡

風花雪月的我你

夢幻朝夕

不知是前世

浪漫夢幻的記憶

還是靈感預示

還是來世

纏綣的情感故事

都是鏡像裡

心投射的心念形識

不可得的影子

情感的藤蔓

人生離合悲歡

煩惱是纏繞的藤蔓

生命很短暫

一生有多少遺憾

昨天擁有快樂

今天就內心灰暗

莫名奇妙地墜入深淵

因緣相聚的情感

愛火剛剛點燃

命運就讓你走遠

你消失在內心的此岸

也不在心的彼岸

你去了遙遠的天邊

再也無法看見

回憶時看不清你的臉

默默地流淚無言

命運的聚和散

老天也不會給答案

無奈的雙眼

看著煩惱的藤蔓

明白了平凡和皇冠

都不是清淨光環

等 待

疲倦了等待
想踏著東山的雲海
飛到千里之外

太陽的光芒
讓雲有了彩色光彩
原來這是告白
也是心依賴
才有的奇妙存在

我是一粒小塵埃
被因緣的風吹襲所帶
其實沒有自在
妄想著期待
妄想著自由痛快

緣起的心愛

被時間的風雨掩埋

心一片虛無空白

不見彩色雲彩

沒有肉體的心識

感慨著機緣和等待

別讓秋雨添情愁

內心糾結啁啾

眼眉起了皺

沒緣　何必強求

徒惹一份煩憂

喝一杯小酒

放心去四方周遊

不要因由追究

諸事要放下

萬事無緣難留

不要眼淚濕了衣袖

心念將相思獨奏

不要相思沈在心底

日久成了垢

更不要去數相思豆

思念纏繞的鳥叫

老是在心頭

那是蕭瑟寒冷之秋

看淡了　萬事即休

夢幻只是更漏

樹葉枯黃凋零

滅了一年緣的深秋

別讓秋雨

再添一份情愁

來年之春不會太久

陰和陽

無邊界的心意
無界限邊際的意識

當我想起你時
　　就摸到了你
　　就擁抱了你
　　就親吻了你

當你突然嗅到氣息
　　是歡喜的香氣
　　　那是我無形的影子
　　　　捧著花兒在你面前
　　　　　正深情地把你注視

當你莫名地歡喜
　那是我
　　非常開心的時候
　　正擁抱著你
　　　喜悅融進你的身體

當你莫名地情緒低落
　那是我
　　心情憂傷的時候
　　正面著妳訴說
　　　煩惱憂心的故事

當你寂寞無聊時
　那是我
　　徬徨在幽幽的小徑
　　　惆悵地望著四處
　　　　身旁沒有妳
　　　　　溫馨陪伴相依

當你想起了我
　那是我
　　進到了你的心裡
　　　告訴你——
　　　　我想見到你

我經常莫名的心情
　是否也是
　　你想我的時候
　　　你生命的信息
　　　　融進了我的身心
　　　　　那是你心情的影子

躁動變化的世界
　是因為
　　由陰陽而成立
合而為一
　不分陰陽
　　應該就是安詳所依

心安住一處
　沒有了波動
　沒有了陰陽對立
　只有那——
　　真正的淨寂

有了懷抱的鳥

有了愛的擁抱

情開始燃燒

世界為此變了顏色

內心有了依靠

從此思緒也變了色調

開始建立幻想的城堡

其它的減少

把自己變成籠中鳥

不願意飛遠

不再留戀天空

希望自己飛得更高

隨境生愛相

柔風輕拂山間溪水

溪邊站立的是誰

斜陽下夢幻一般的美

波光粼粼的光輝

讓心有些怡然陶醉

彷彿自己的身影

已經在她的身旁相陪

心像一朵怒放的

芬芳鮮花的紅色花蕊

心中生出一道滋味

多了欣喜清新的風吹

讓太陽住進你的心房

當你孤獨地在夜晚徬徨
我願是陪伴你的星光
眨眼的星星傳送的歌謠
是走心的小夜曲
瀰漫了滿夜深情的光

你的心可以對我相望
這裡是可靠的心房
可以坦露你的衷腸
讓我陪著你的心兒遠航
陪著你的心兒快樂飛揚

我願意是夜晚的月亮

是皎潔柔情的月光

陪著你走出徬徨

走出夜晚的惆悵

繼續在你心裡盪漾

讓太陽住進你的心房

牽動心的視線

你的氣息繞在耳畔
迷濛了心的藍天
我們以前的一個片段
為何現在糾纏

想起了就感覺溫暖
像春風吹拂心坎
綠了希望的心田
現實只有遺憾
彷彿已是滄海桑田

扭曲了一切答案

孤獨看著孤單

時空不能迴轉

只是耳畔的氣息

老是牽動心的視線

一念閃爍

情感被歲月揮霍

那曾經豔麗的花朵

已經隨風飄落

心房裡不再有你的輪廓

不再有眼淚閃爍

好像不經意地帶過
那夢中的煙火
慰藉了心中的寂寞
隨即在心中煙滅

一夢虛幻的生活
不是情感依託
也無所謂歲月蹉跎
只是點燃了
妄念虛妄的燈火

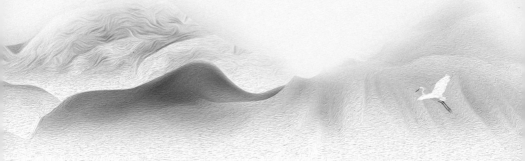

心　觀

心頭有一份傷感
不是飲馬長川
不是情思日月流轉
只是燈火闌珊
淡漠了星光璀璨　熠熠

喧鬧了河畔

妄想的意識顧盼

那輪轉了千年

情執的華麗衣冠

從白晝到夜晚

不見清淨解脫彼岸

悄悄然　悄悄然

恍惚了清淨心觀

飄雨的思念

看你漂亮的眼

忘了把身轉

忘了流動的時間

只是心暖

有了一份柔軟

沒有遺憾

如此就過了一天

你美麗的眼

裡面有些遙遠

沒有波瀾

卻有一抹雲煙

從此　淚掛滿了臉

如此　就過了一年

書寫了一串

飄雨的萬千思念

最美的花卉

心念喚醒了蓓蕾

開放了情感的心扉

清晨晶瑩的露珠

滋潤了花蕊

一份清新的嬌美

讓人在馨香裡沉醉

清風飄來約會

一曲歌謠兩行淚

沁人心脾一朵花魁

心中無限祥瑞

將花在心裡依偎

成了最美的花卉

情　思

筆墨書卷香　心想寄遠方
相思訴衷腸　過往回憶長

清秀的模樣　溫柔的凝望
情念伴月光　情義留心上

鏡像攝影

詩酒撩了窗紗

夢幻了一世年華

日月星辰啊

滄桑的歲月

如彈奏玄妙的琵琶

詩酒撩了窗紗

詩酒撩了窗紗

夢幻了一世年華

日月星辰啊

滄桑的歲月

如彈奏玄妙的琵琶

一抹的雲煙呀

又一抹朝霞晚霞

看了紅桃花

又看白梨花

夢幻千萬里走天涯

紅塵只是流沙

一念解脫放下

隨緣輕鬆很瀟灑

淡了曼妙窗紗

淡了熱情的彩霞

境相風沙隨緣腳踏

隨緣桃花梨花

萬事隨著風發芽

尋找相思的眼

——中秋

皓魄寶鑑

寂靜無聲雲間

韻色清湛

光明一輪圓滿

纖手撫瑤琴

撥動浪漫心弦

長袖善舞

撒花多情心間

一罇酒香陶醉

迷了雙眼

酒意迴盪胸間

也紅了臉

月光澄清瀰漫

詩情醉意

飛出澎湃的心間

尋找相思的眼

備註：寶鑑。寶鏡。鏡子的美稱，亦以喻月亮。

心有月兒如鉤

此岸彼岸不休
都在心頭
人生的長河悠悠
只是一趟春秋

為情揮舞衣袖
心念沾染的塵垢
那葉心舟
只因緣份等候

那是前世濤聲依舊
緣至　隨緣旅遊
雲煙情入眼眸
時至　展現風流

在情緣的溪頭

如夢幻般回首

風吹拂心情的綠洲

心常有月兒如鉤

情念沒有盡頭

期盼流淌出千秋

心念形識不休

貪念一杯酒

一念又起風雨驟

情 緣

雪花片片　紅梅綻

歌聲飄遠

心弦隨境情緩

心弦無君伴

拂袖流水河畔

風把雲吹散

經年歲月不斷

情染了紅塵衣衫

情滿了兩眼

瀰漫了境相情緣

情思漂泊

眼光追著蝴蝶
情感不願意離別
一首歌謠成河
是心溢情的詩歌

情溢自然消磨
依依化成筆墨
隨情只是心念一抹
情思在心海漂泊

雙手握緊了目的

漫長的時光裡

愛戀尋找你

找了一路子

只怕錯過了你

一路只是

遇見了綿綿細雨

朦朧了心意

擔心更加遠離

不想放棄

雙手握緊了目的

孤獨的路途

啟程的那刻起

心中的你

在茫茫的人海裡

真誠地尋覓

那是天做的註

是我們的前世

情念的心意

新的緣起

我的故事

就像一粒

隨著風飄的沙子

倔強堅硬的樣子

是內心的情執

執念多一份

就在塵世裡更迷失

輪迴就相續塵世

我的名字

就是無明的固執

所以跌跌撞撞

是迷失的現實

經歷了風雨

也難化開心石

繼續著緣起緣滅

飄向新的緣起

心念命理

斷章取義
風在唏噓
本來的命理
是業力的延續

心的思緒
彷彿依稀
才隨春來意
又隨著秋離去

有了序幕

就有延續

在夢裡初遇

就在幻裡如許

有了相聚

就有分離

落一次雨滴

經歷幾次塵世

破迷的法鼓

朝夕只是一幕
往昔猶如
夢幻的江湖
讓心經常恍惚

把眼前亂塗
造了情感一片模糊
又建築了小屋
躲著風雨
卻好奇屋外的風雨
睜著愛戀的雙目

放了一圈煙幕

畫了一幅圖

心跑在裡面的網路

拼命把門牌記住

心造命運的緣故

霓虹燈誘惑

把心牢牢困住

下了一場雨

泥濘了腳步

放慢了走路

凝滯了雙目

讓心濕了地圖

找不著心的路途

指示的題目

是心跳動的鼓

是否開悟破迷而出

鼓聲響徹了天地

呼喚著覺悟

引導著歸途

也像警醒的法句

清涼　幻化出

醍醐灌頂的法雨

芬芳薰了心意

一篇篇的詩情畫意
最美好的是浪漫的詩
還有上面的唇印
有迷離醉人的香氣

暖風吹過的花季
瀰漫著花香的甜蜜
就是那次的相遇
芬芳薰了晨曦和心意

心 間

朝暮之間　從朝霞艷陽　到傍晚細雨茫茫

轉眼之間　從眉眼情揚　到不見紅紅臉龐

一剎那間　從喜悅心房　到憤怒充滿胸膛

佛說世間　諸事皆無常　是緣起性空夢想

我看著你　有情的花香　夢幻泡影作觀想

你看著我　心現的境相　凸顯在心的當央

四目相交　又情念相望　緣份的心動幻象

心寂靜　無疆

淨念相續一相
合一了心境之光
心靜寂　禪境
如同宇宙混沌之象

自性清淨清涼
也生宇宙萬象
性空妙有
萬象是心投射鏡像

無邊禪境　心無疆
寂滅了萬象
一真世界寂靜光

水中月好笑

夜空一輪月高

心卻已經倦了

曾經的知交

不知在何處逍遙

風兒是否知曉

那桃花粉嬌

帶來的春花早

已經杳杳

只是殘影寥寥

心還未忘了

心情有點好笑

鐘聲破曉

貫通了凌霄

雲煙莫要計較

一世因緣相報

心已知曉

只是春風吹生的草

讓木魚叩叩

心念桃花遁了

淡了歲月曾經美好

觀水中月好笑

跨時空的吻痕

命運預言的指紋
跨時空的吻痕
一切的愛恨
都在心裡封存

機緣成熟寫個劇本
命運就在心靈的嘴唇
從美麗的青春
到歲月記錄年輪
刻滿了臉上的皺紋

只是塵世過客人
觀看經歷的早晨
還有即將落幕的黃昏
一切都是相聚離分

夢幻著假和真
夢幻著愛戀和仇恨
情執分別的樹根
成了妄想的高貴自尊
那輪迴的車輪
又壓出命運的掌紋

深巷藏著幽香

情感的深巷
有曾經的情感所藏
無量的情長
依然貯藏著幽香

曾經的過往
腳印深刻長長
無數次地心動造訪
為了心儀的模樣

心中的一曲歌謠絕響
從此就有了芬芳
至今還是思想
哪怕遊走在他鄉
它還是記掛在心上

站在老樹旁

大雪覆蓋了四方

深吸一口氣　把頭揚

又讓腳印從新長長

腳下發出聲響

我的身影隨著搖晃

從新去嗅

那幽幽的馨香

化雨及時

情念的相思
只是心中的咫尺
相遇即是開始
相識是紛紛的雨絲

情感誓言的美麗
像是一首詩
只要化雨及時
每一個字
都會溶進心裡

感覺是天恩賜
開了心花一園子
燦爛奪目千紅萬紫
今生今世
從此　美麗的痕跡
寫進了歷史

浪漫美好的心跡

記錄著情癡

那是心花的樣子

怒放著彩色

全是芬芳的氣息

讓醉了的心意

眼裡飄著你的樣子

不見伊人還

落花飛了漫天
人已去了好遠
如藤蔓般的思念
鎖在了眉間
懷念花下初見
閃爍美麗的雙眼

思緒如漂浮的雲煙
輕掃了河畔
輕掃了紅潤的臉
也多情地掃了
見證歲月的雙眼
只是彈指間
恍惚了夢幻流年

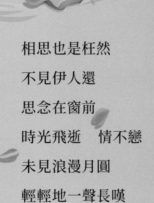

相思也是枉然

不見伊人還

思念在窗前

時光飛逝　情不戀

未見浪漫月圓

輕輕地一聲長嘆

詩集後記：

《奇 蹟》

落在湖面上的雨滴

粉碎了身體

卻和湖水融為一體

把破碎的心拾起

不再到處尋覓

成了湖水清碧

交融清雅的詩詞

映照純潔白蓮的美麗

鏡 像 詩 集

《眼角》
已出版

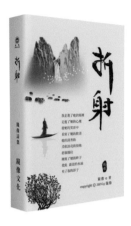

《折射》
已出版

《隨緣》
已出版

《情感的風鈴》
已出版

鏡 像 詩 集

《情池》
已出版

《鏡花緣》
已出版

《心舍》
已出版

《一彎彩虹橋》
已出版

鏡 像 詩 集

《心情的小雨》
已出版

《飄舞》
已出版

《幻境乾坤》
已出版

《心靈的筆觸》
即將出版

鏡 像 詩 集

《桃花夢》
即將出版

《心雨》
即將出版

《困惑》
即將出版

《黑白的眼》
即將出版

鏡 像 詩 集

《坐在山巔》
即 將 出 版

《印記》
即 將 出 版

《心念》
即 將 出 版

《帆影》
即 將 出 版

鏡像詩集

《情海》
即將出版

《宿緣的一眼》
即將出版

《情送伊人》
即將出版

《河岸》
即將出版

鏡 像 詩 集

《心田之相》
即將出版

《原點》
即將出版

《眼神的影子》
即將出版

《四季飛鴻》
即將出版

鏡像系列詩集

一彎彩虹橋 鏡像詩集

作者	鏡像
發行人	鏡像
總編輯	妙音
美術編輯	彩色 江海
校對	孫慧覺
網址	www.jingxiangshijie.com
YouTube頻道	鏡像世界
臉書	www.facebook.com/jingxiangworld
郵箱	jingxiangworld@gmail.com
代理經銷	白象文化事業有限公司
	401台中市東區和平街228巷44號
	電話:(04)2220-8589
印刷	群鋒企業有限公司
出版日期	2020年11月　　　初版
ISBN	978-1-951338-07-7　平裝

定價　　NT$520

網 站

YouTube

臉 書